Hommage à Georges Moustaki

LE METEQUE

Uiko kudo & Cacameya Yuki

Hamonicabooks

Avec ma gue
ule de Métèque
— errant de
le juif
patre grec et
mes chveux Au
x quatre v
ents Avec
mes yeux to
ut de
la vé
s la
ui me
don ne
nt l'a
rêver. Moi
qui ne Rêves Plu
plus sou chat
vent Av
2008.10
é ma Calandri

NOS QUINZE ANS
見つめる目

15の僕が持っていたもの
たくさんの名前に
名前のない友達
素敵な名の女の子は数知れず
自転車は
風と海と太陽と
音楽と踊りと葉巻と酒と
泥棒にも王様にもなれる昼と夜
詩！
少なくとも僕らにとって
港に浮かぶ船全部
世界中の旗ならもちろんみんな
信じられない？
正真正銘
嘘は無し
大きすぎない白い歯と
時々赤すぎる頬と舌
いつも夢見ているかと思えば
哀しみばかり見つめる目
痛みをばかり見つめる目
見つめる目
大人になった僕を
十五の僕らが見つめている。

FRERE JACQUES AMI PIERROT ALAIN MUSICIEN,
BORIS ET CHARLY MAURICE ROUQUIN EST
JACKY TARZAN EST BO RIS GEORGES EST ZORRO-OO
ON ECOUTE DU JAZZ O N DANSE TANGO NOS 15 ANS
PIERROT
JACQUES

LE METEQUE

ミセス・ジョー・サイトウ

ミセス・ジョー・サイトウ
新しく来た先生
びっくりしちゃう大きなお尻
見たことないわ小さなお顔

ミセス・ジョー・サイトウ
純金以外は身につけないのアレルギーなの肌が腫れ上がってしまうからって
ご自慢のネックレス
お肉の海で今にも溺れてしまいそう

ミセス・ジョー・サイトウ
旦那様は島国生まれのお医者様
家族は結婚に大反対故郷には帰れないのよ
かわいそうね

ミセス・ジョー・サイトウ
「オバアサンノオバアサンノオバアサンニネイティブノチガハイッテイマス
ナイショデス」なんて顔をしかめる
あなたが嫌い

ミセス・ジョー・サイトウ
茶色い目　白髪混じり　薔薇色の肌

Le métèque

黒板は黒色じゃなく深緑色ね黒はそうアナタ達の髪の色

色色色色　美術の先生よりもうるさいの

ミセス・ジョー・サイトウ

白いチョーク　ピンクのチョーク　水色のチョーク

三本並べて　イーニーミーニーマイニーモー

「ドレニシヨウカナオマジナイデハアリマセン」

悩んでいるふり　可愛くないわ

ミセス・ジョー・サイトウ

「ガイジンナンテヨバナイデガイコクジントヨビマショウ」

垂れた頬がふるふる揺れて

高い鼻の影で瞳も揺れて

泣いているの？

ミセス・ジョー・サイトウ

覚えているのはこれっぽち。

AVEC MA GUEULE
de métèq ue De
Juif er rant
de pâ tre
grec Et M
es che veux
aux qua
t re v
e N ts A
vec me yeux
tout delav
er M oi qui
Ne rê ves pl

LE FACTEUR

郵便屋さん

その手紙を運んでくれたのは　彼

なんて可愛らしい郵便屋さん
私が九十のお婆さんになっても
あなたから受け取る手紙なら　きっと　恋文
私が言うと　彼の頬は赤く染まって
庭の薔薇の　ように輝いた

郵便屋さん
空　にもあなたを待つ娘がいるのですか？
愛している　愛　していない
あなたの運ぶ言葉を待っている
娘達が？

「いいえ
空　では何もかも
羽を　持っているんです
僕の出番は　きっと　ない」

郵便屋さん
そんなに大きな鞄を抱いて
あなたも　空　を飛ぶのでしょうか。

C'est lui qui venait chaque jour
Les bras chargés de tous mes mots
C'est lui portait dans ses mains
la fleur d'amour cueillie dans to
il est parti dans le ciel bleu
comme un oiseau enfin libre
CACAMEX

FLAMENCO
Mからの葉書

踊り子の足のサイズは36に少し足りない。

カンタオールは退屈な11月が大嫌い。

けれど明日の朝

彼女は脈打つ薔薇を髪に挿し

彼の声は歓喜に震え咽ぶだろう!

僕は美しい夜明けを見るだろう!

1975年　冬
コルベ響くキャフェにて
M

FLAMENCO
Qui le premier pourra chanter les accords
de la liberté Qui chantra le flamenco …
Dans une Espagne sans Franco Ce sera fete
ce jour-là et moi Je voudrais être là Pour
ecouter le flamenco
Le vent de l'histoiy a tourne Pres dela Madit
CACA

Pour Violoncelle

少し離れたところから　僕は見つめる
甘くて　苦いよ
もし　僕が君を抱くのだとして
それはきっと　土の上
冷たく濡れた　枯葉の
夜じゃなく　靄に包まれた明け方に　優しく奏でられる君

Pour Flute

君の誘惑に身を任せたら　故郷の浜辺に　流れ着くのかな
白い砂に塗れる膝を見つけて　僕はやっぱり　泣くのかな
あの口づけ
温かな　木の温もり
忘れないまま　僕ら　銀の口づけするのかな

Pour Contrebasse

永遠の恋人がいるお前に　女達は恋をする
「側に居たければ　ただの友達でいることさ」
恋に溺れる女達　僕の忠告なんて聞きやしない
愚かで賢い女達　そうさ　まるで悲劇を愉しんでいる

Pour Tambourins

木が揺れている　揺らすのは君達だ
生きる心臓が鳴っている　鳴らすのは君達だ
死んだ者の魂を送り届ける　送るのは君達だ
踊り進む僕のため　朝と夜を混ぜたあの色
息をのむほど美しいあの色を
呼ぶのは君達なんだろう？

BALLADE POUR 5 INSTRUMENTS

君に贈る

Ma guitare

大切な人を紹介したら　僕よりずっと仲良くなってしまったね

君を抱きながら　僕は益々不器用になっていく

僕らが離れ離れになる時　僕は君に言えるだろうか

言えないかもしれない

だから　今　言っておくよ

いつか来る別れの時　君に贈る言葉　僕が最後に言う言葉

さようなら、君よ。

さようなら、僕よ。

君よ、僕らよ、さようなら。

楽器が好きだ。

なれるものなら彼らになって音楽を奏でてみたいと思う。

誰かの肩に担がれ旅することを夢見ている。

彼や彼女、僕が愛する楽器諸氏と語り合い結ばれる日々に。

五つと、そしてたくさんの仲間達に、君に、BALLADEを贈る。

一つずつ、丁寧に、BALLADEを。

SI J'ETAIS SI JOLIE

17ANS

17

何を見てるの？
まだ何も知らない
僕の知らない
太陽を酔わせ
夜を見方にしてしまう
全て手に入れて
まるでこどもの風
空っぽに見える
はちきれそうな
17
強いのかな
弱いのかな
笑わないくせ
その横顔
そっと、微笑んでいるみたいだ。

DIX SEPTANS
par G. Moustaki
DIX sept ans
une femme une enfant
Qui ne sait rien encore
Et découvre son corps
Que le soleil enivre
Et que la nuit délivre
Dix sept ans
Un sourire innocent
Et le regard
docile
Sous un rideau
de cils
Mais une femme
de loup et une faim
de tout
DIX sept ans

LE TEMPS DE VIVRE
今

生きている
この時を
時代が違えば
今じゃなければ
比べるのはもうやめよう
嘆くだけの人生を選ぶのも
同じなんだ
生きている
この時代に
いらない壁を作るのは僕ら
いらない壁を壊すのは僕ら
今を生きている僕ら

Le temps
de vivre

FAMA
ILS N'ONT PAS BEAU-
UN PEU ANARS
FEMME
LES AMIS de GEORGES
ON ETAIT

LES AMIS DE GEORGES
Gの友達

「Gのことを話してみたい」
踵の高い靴なんて脱いでおしまい
ほら僕の靴を履いておいでよ
僕なら平気さ
裸足が好きなんだ
冷たい石畳の上駈けたなら
月の住人になった気分
白い足裏まるで幽霊みたいだろ？
Gが言った日
僕ら笑いに笑って笑い転げて
歌もいくつかできたんだ

「Gのことを話してみたい」
窮屈な帽子風に預けて
髪も髭も生まれたまま
都会に田舎あったもんじゃない
僕らが寄ればどこでもサーカス
トラにクマにライオンに
そろいもそろって音楽奏でる
トランペットは象が吹く
タクトを振るのはもちろんGさ

ワルツ　タンゴ　サンバ　ボサ
Gはなんでもお手のもの

「Gのことを話してみたい」
白い壁　橙の屋根　灰色の海
碧眼に映る故郷の丘
生意気な顔して酒飲むくせに
あの娘の前じゃ
オーバーの襟に隠れて歩く
毎夜警官どもと影踏みしてさ
月の雫なめなめ
甘いとも苦いとも言わずに

へらへら笑って泣いていたんだ
僕ら
誰も彼も
へらへら笑って泣いていたんだ

「Gのことを話してみたい」
「愉快なGとGの友達のこと」
「今夜君に話してみたいんだ」

GRAND-PERE

めがねとヒゲと親指

僕が生まれた時、
「やあ」とめがねが笑った。
頬ずりして僕を泣かせたのはヒゲ。
聞こえない声で「おめでとう」を言ったのは親指だった。

幼い僕のいたずらを
めがねは誇らしげに見つめてくれた。
なのにヒゲは怒るんだ。
いつでも親指が僕をなぐさめた。

めがねとヒゲと親指よ、
あなたのために歌う歌。
６本の弦に10本の指でできる全てあなたのために。

めがねとヒゲと親指よ、
僕が死ぬ日、
僕はあなたに会いに行く。
その時は、どうか「やあ」と笑ってむかえてください。

GRANDPERE

MARCHE DE SACCO ET VANZETTI
アメリカのイタリア人

ニコラ・サッコは靴職人
バルトロメオ・ヴァンゼッティは魚の行商人だった

二人のことを覚えてほしい
知っているのなら忘れないでいてほしい

1927.8.23 0:19 ボストンで
1927.8.23 0:27 ボストンで

アメリカのイタリア人が死んだこと
憶えてほしいどうか忘れないでいてほしい。

MARCHE de SA
CCO et VANZETTI
Maintena nt Nico
la et Bart Vo us dormez
Au fond de nos cœ urs Vous
Etiez tout seuls dans la mort
Mais par elle vous vai nclez
Moustaki
CACAMEЯ
2016

ET POURTANT DANS LE MONDE

嘘つきの歌

明日のこと
明るい明日
夢見る暮らし
愛の再び
意味のある今日
生きている今
間違いは正され
人々は目を覚まし
蜃気楼さえ現実に
何時何時も
導かれるまま
夢見る僕ら
願いを叶え
歩いて行こう
幸せ見つめ
歌おう

愛の歌
明るい未来
信じる心
勇気に溢れ
やがて来る
夢と現実重なる日
歌うのさ
声に出して
くだらない歌
ありきたりな歌
嘘つきの歌？
そう
嘘つきの歌なんだ
今はまだ
僕が歌うこの歌はね。

CACAMEЯ
Et pourtant dans le monde par G. MOUSTAKI

NOUS SOMMES DEUX
一〇〇〇と二十三の音

声がする
「灯を消せ　灯を消せ　夜警が来るぞ」
体を硬くし、僕は縮こまる。
でぃん　どん　でぃん　どん
どっ　どっ　どっ　どっ
怯え切った僕の鳴る音
でぃん　どん　でぃん　どん
どっ　どっ　どっ　どっ
僕が鳴らす鐘の音
でぃん　どん　でぃん　どん
どっ　どっ　どっ　どっ
繰り返される夜の音
たん　暗闇で手を叩くのは誰？
たん　声を出せない僕は手を叩く
聞こえているかい？
聞こえているよ
臆病な僕が鳴るんだ
僕も同じさ
恐ろしいんだ
君の踵はまだ丸い
君の臍ならまだそこにある
僕を感じる
君を感じる
僕らは二人　僕らは二人
二人は三人　三人はいつか
一〇〇〇と二十と三になる

「灯を消せ　灯を消せ　夜警が来るぞ」
でぃん　どん　でぃん　どん
どっ　どっ　どっ　どっ
怯え切った君の鳴る音
でぃん　どん　でぃん　どん
どっ　どっ　どっ　どっ
君が鳴らす鐘の音
でぃん　どん　でぃん
どん　どっ　どっ　どっ　どっ
繰り返される夜の音
聞いている　たん
君の痛み　たん
僕の痛み　たん
怯える心　鳴らす　鐘ごと包む
君の音　たん　僕の音
たん　たん　たん　たん
たん　たん　たん　たん
たん　たん　たん　たん
たん　たん　たん　たん
灯を消して　喜びの鐘　鳴り響く　夜明けを　待とう
金色の椅子　座ることなく　すっくと立つ彼
一〇〇〇と二十三の音に包まれて

もうすぐ　ここへ
もうすぐ　彼が
もうすぐ　君が…

Nous sommes seuls

Les Amours Finissent Un Jour
Les amant ne s'aiment qu'un temps A quoi bon te regretter
Mon bel amour d'un été Voici deja venir l'hiver Bientot
le ciel sera couvert De gros Nuage plus lourds
Que notre chagrin d'amour
2016

LES AMOURS FINISSENT UN JOUR
彼女の台詞

あなたが去って、
私もいなくなって、
それでお終い。
たぶん、それでお終い

MA SOLITUDE
孤独

ひとりになりたくて　ひとりになった。
なのに　僕は探してる。
鏡の　中
湯気　の向こう
ベッドの　隅　に
「さみしいのかい?」
聞いてくれる　もう一人の僕のこと。

ひとりになりたくて　ひとりになった。
なのに　僕は君と寝る。
硬いだけの　膨らみ　と
使い古したジョーク　は凡庸
癪に障る　舌打ち　のあと
「ひとりじゃないさ」
たったひと言。僕の寝床に　滑りこむ君。

ひとりになりたくて　ひとりになった。
なのに　僕は歌ってる。
「さみしいのかい？」
「さみしいよ」
「ひとりじゃないさ」
「ぼくがいる」
硝子越しに歌う僕。もう一人の僕　が僕。

日曜月曜火曜水曜木曜金曜土曜日は　雨。
頬を膨らし　剃刀あてて、
薄荷　の　泡　を　ぺいと吐き、
じゃ　ぶじゃ　ぶ顔を洗うんだ。

ひとりになりたくて　ひとりになった。
なのに　僕は泣いている。

あ　あ

鏡の中の僕の　瞬き。
雨に打たれた　蛙の　瞬き。

Pour voir si souvant dormi avec ma solitude je
m'en suis fait presque une amie une douce habitude Elle
ne me quitte pas d'un pas fidèle comme une ombre.
Elle m'a suivi ça et là aux quatre coins du monde Non
Je ne suis jamais seul avec ma solitude Quand elle est au
creux de mon lit Elle prend toute la place Et nous passons de
longues nuits tous les deux face a face. Je ne sais vraiment pas
jusqu'où Ira cette complice. Faudra-t-il que j'y prenne goût ou
je réagisse Non je ne suis jamais seul avec ma solitude Par elle,
J'ai autant appris Que j'ai versé de l'amour si parfois je la
répudie Jamais elle ne désarme si je préfère l'amour D'une autre
courtisance Elle sera à mon dernière jour Ma dernière ....
compagne ma solitude par G. Moustaki Pour avoir si souve
dormi Avec ma solitude Je m'en suis fait presque une amie
Une douce habitude Elle ne me quitte pas d'un pas Fidèle
CALAMER

踊れ踊れ乙女たち！
回れ回れ月の下！

踊らぬ理由がどこにある？
踊れぬ理由がどこにある？
戸惑うなかれ
虹色の肌こそ夜のもの
漆黒の鬢なら月をもて輝く

踊れ踊れ乙女たち！
回れ回れ月の下！

お前の中心
はちきれんばかり肉の真ん中
退屈している
求めている
さらけ出せ
誰にも触れぬ乙女の心

踊れ踊れ乙女たち！
回れ回れ月の下！

飲み屋の天井
星の床下
椅子という椅子
飛ぶ魚眠る鳥
人影人魂
震わせろよ乙女よ！

踊れ踊れ乙女たち！
回れ回れ月の下！

春はどこへ？
冬はどこへ？

地球を回せ！
月を裂け！
明かりを消せよ己を灯せ！
乙女乙女乙女よ！

DANSE
踊れ踊れ乙女たち

踊れ踊れ愛…
回れ回れ詩…

虹色の肌夜にさらして踊れ！
さらけ出せ！　誰にも触れぬお前の心！

SANFONEIRO
＝サンフォネイロ

アコーディオン弾き＝サンフォネイロよ

遥か遠い道をやって来た
故郷をセルタオと呼ぶ音楽家たち
あなたが去って人々は
どうして笑い
どうして歌い
どうして泣いて良いか分からずに、時々途方に暮れてしまうのです。

SANFONEIRO
que l'on donne
de l'accordeon
CACAMER

LES AMIS
てーぶる

僕は
てーぶるを
持っている
それは
もう
素敵な
てーぶる
大きさったら
僕の友達と
友達の好きな娘
みんなが
囲めるくらい
それでも
少し
余るから
路地で
よく会う
どら猫も
呼ぼうか？
通りに
寝ている
ぼろ犬も
呼ぼうか？

犬なんか
怖がる
奴が
いるけどさ
スカーフ
巻いて
耳隠し
端っこに
座らせとけば
平気だろ？
てーぶるの上には
ぱんを置く
もちろん焼きたて
千切れば
湯気があがる
ぱん
それから
葡萄酒
ぐらすは
それぞれ
奴らの
指の形に
あったもの

LES AMIS CACA

乾杯は
僕らより
年取った
ちーずの
ために！
煙草の煙
娘達の髪の香り
混じり合う
りきゅーるの瓶
陽を吸って
たっぷりの
蜂蜜
ばたー
こーひー
じゃむ
みるく
たいせつなこと
まるで
場所をとらない
音楽で
てーぶるの
上も
下も
満たすこと

溶けては
固まる
ろーそく
灯し
歌い
語る
僕らの手
てーぶるの
上を
行ったり来たり
てーぶるの
下を
行ったり来たり
誰も彼も
遠慮は
いらない
僕と
僕らの
てーぶる
囲み
今夜
互いを
友と
呼び合おう

SARAH
女

女がいる
僕のベッドに
若くはない
年とっている
美しい　美しくない
疲れている
いつも疲れている
疲れきった女の
脂の浮いた肌
目の下の黒い
化粧は女の顔を白く光らせるだけ

女がいる
僕のベッドに
太っている　痩せている
どちらとも
皺
首に背中に腹に指先爪に
手や脚
何か曲がって
何かが曲がって
女を　小さく　小さくする

女がいる
僕のベッドに
渇いている　濡れている
涙　傷
与えられるだけ　与え
求められず　求めず
流されるまま　流れるまま今
思い出が女を
女を　一人にする

女

僕のベッドに　眠っている　女
夜が明ける
いつも　見上げていた
女　を僕は　見下ろしている。

SARAH par G. MOUSTAKI

La femme qui est dans mon lit N'a plus vingt ans depuis longtemps
Les yeux cernée par les années par les amours au jour le jour La bou-
che usée par le baisers Trop souvent mais Trop mal donnés le tiens blafard
Malgré le fard plus pâle qu'une Tâche de lune La femme qui est dans mon
lit N'a plus vingt ans dupuis longtemps les seins trop lourds de trop d'amour Ne
portent pas le nom d'appâts le corp lassé trop caressé trop souvent mais trop
mal aime le dos voûté samble porter les souvenirs Qu'elle a dû fuir La femme
qui est dans mon lit n'a plus vingt ans depuis longtemps Ne riez pas N'y touchez
pas gardez vos arcasmes Losque la nuit Nous réunit son corp ses
mains s'offrent aux miens Et c'est son cœur couvert de pleurs
Et de blessures Qui me rassure.

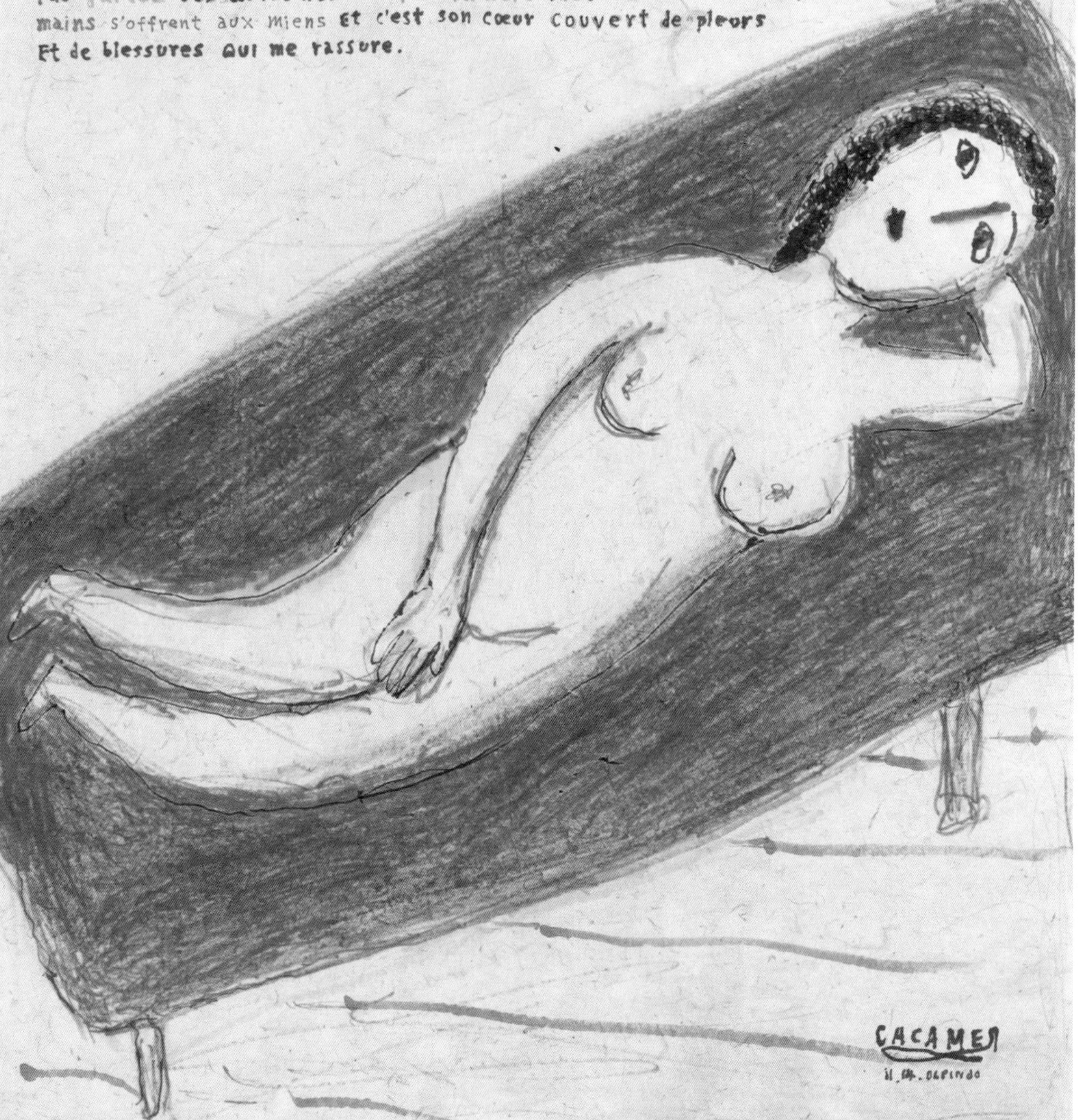

HUMBLMENT IL EST VENU

祈り

灯りの落ちた車内で、その人は窓の外を見ていた。

真新しい靴褐色の肌桃色の掌。

暑い国からやってきたのだ、その人は。

戦争が妹を父を母を奪ったのだと呟いた。

頭の左言葉の変換が追いつかないまま、私は微笑む。

右頬に残る傷跡にさえ気づかずに、私は。

その人は笑う。

君は悪くないさと。

大丈夫だよと。

白い白い歯が寂しくて眩しい。

故郷には帰れない。

ここよりもっと西へ行くんだ。

仕事のある国へね。

いつか日本人と結婚したいな。

その人は色々なことを話す。

一人旅に出ただけの私を励まそうとさえする。

「どんな神を信じているか？」

尋ねられ、私は「何も」と答える。

その人は目を丸くする。

扉が開く。

パスポートを睨む車掌の瞳が闇に溶けて見えない。

どこかから乾いた咳が聞こえてくる。

明けていく空を見上げるその人の膝が震えている。

祈り—

祈りだ。

姿は見えなくとも、胸に光る十字架を握り締めた彼を心に見つめ、私は祈る。

HUMBLY HE came Nobody KNew his Name
HE WAS so poorly dressed Looking for a

IL EST TROP TARD

僕の舟

窓は広場に向いている。

晴れた午後　広場の真ん中「遅すぎる」と　泣く者がいる。

見ると　泣いているのは一人じゃない。

馬に懸巣に鼠に山羊に果ては誰かが蒔いた豆の粒まで　ボロボロ涙を流している。

「遅すぎる」 彼らが泣く度　広場は濡れる。

「遅すぎるんだ」空が乾かす　隙ないほどに。

「遅すぎる」 広場はいつか　海になる。

僕のアパートたった三階ぽっち…

トッカン　ボロン　トッカン　ボロン

ギターを舟に　舟に仕立てて　僕は漕ぎ出そう。

海に沈む青の街

青に沈む時計台

止まらぬ針が弦を爪弾く

「遅すぎる」

耳に響くはそればかり

右で左で東で西で広場はみんな沈んでしまった

涙の海に沈んでしまった

「遅すぎる」 僕の舟が引く澪だ

「遅すぎるんだ」 まるい月を砕くのは

「遅すぎる」 僕が耳を塞ぐなら

音は聞こえやしないだろう!

IL EST TROP TARD
pendant que je dormais pendant que je
revais les aiguilles ont tourne il est trop
tard mon enfance est
si loin il est deja
deja
Alexandria

トッカン　ボロン　トッカン　ボロン

ギターを舟に　舟に仕立てて、漕ぎ出して行く！

僕は進み続けよう

「遅すぎる」と泣く海を

時計の針は止まらない

馬に懸巣に鼠に山羊に　果ては豆の粒まで　巡り過ぎ去る時を嘆くから

だから　僕は歌うんだ

それでも！　遠く近い尖塔に

それでも！　ズック靴履いた子ども達

それでも！　透明な目玉で海を抱く—

彼らの舟

大波嵐ものともせずに太陽と月を結ぶだろう

広場に朝を呼ぶだろう

「遅すぎる」と泣く海で

「それでも」と僕は歌う

「それでも」と誰も言わなくても

子どもだった僕のため　僕らの子ども達のため

僕は歌いギターを鳴らす。

IL EST
TROP TARD

CE SOIR MON AMOUR
絵の中の部屋

さようなら。

今夜、僕はお前に言う。

偶然出会ったお前の部屋。

入り浸りになったのは、たぶん居心地が悪くなかったせい。

きっと、お前も同じ。

幼すぎると、知っていた。

夜明けに始まる夜を共にする僕らには、幼さとそれに秘密が必要だった。

けれど僕はもう、失う秘密を持たないから。

さようなら。

囁きは、ひと時の孤独を埋める為の偽り。

さようなら。

この部屋に僕を引き止めるのは、一人で飲む葡萄酒の侘しさだけ。

さようなら。

死んだ恋は僕を残酷にする。

さようなら。

僕を傷つけるお前はもういないのに。

さようなら。

ベッドや食器や化粧台の上に並んだ瓶やチューブや

黒い髪が絡んだブラシ。

さようなら。

愛の不在を告げる物達。

さようなら。

壁に掛かった絵の中の僕

泥に塗れた醜い王子。

さようなら。

絵の中で泣いているお前

脚を折った不運な踊り子。

さようなら。

壁に掛かった絵の中の部屋

地に堕ちた天使達憩うこの部屋。

ce soir mon Amour
Je ne t'aime plus
tu es plu loin que la distance
qui nous sépare et d'autant
plus absente que tu n'es nulle
part plus étrangére que la
premiére venue
Je sais que nous buvions du thé
après l'amour
comme un ange dechu
ce soir mon amour
Je ne te cherche plus
parmi mes souvenirs
au fond de ma memoire
Je ne t'attends plus
sur le quai d'aucune
gare
Je me souviens a peine
t'y avoir attendue

MA LIBRTE
自由

君を手放して
いつからか
こんがらがって
色々なことが
こんがらがって

落ちているのか
登っているのか
帽子か靴か
上か下かも分からずに
僕は

僕は
前を向いている
テン・テン・パラリ
捩れる体宙に投げ出し
前を向いている

友人も
国も
一枚あった肌着も失くし
一緒になった君を捨て
僕は

僕は　十二月の夜　あの人の元へと駈けたんだ
振り向いた時そこにもう　あの人がいないのは嫌だったんだ。

Je t'avais tout
donné ma dernière
chemise et combien
J'ai souffert pour pouvoir
satisfaire tes moindres exigences
J'ai perdu mes amis
J'ai changé de pays pour gagner ta con·
fiance ma liberté
Tu as su désarmer
toutes mes habitudes
ma liberté
toi qui m'as fait sourire
quand je voyais finir
une belle
aventure
ma liberté

GASPARD
スキトオル。

コンニチハ。

ワタシノナハ、ガスパール。
ナニモノカトキカレレバ、「タンキュウシャ」ト、コタエマス。

スコシバカリ、カシコイオトコト、イワレタコトモアリマシタ。
ダカラトイッテ、ヨノナカヲ、カエルワルヂエハナク、
愛シ、愛サレルタメノサイノウガナイトシッタノハ、ハタチヲスギタコロデシタ。

ワタシノハナハ、ホソスギルラシク、
ヒタイハ、ヒロスギルラシク、
ゼンタイニ、コガラデショウ？
ユウキモ、ナイシ。
ワタシニデキルユイツノコトソレハ、

スキトオル。

コノヘヤハ、トウメイデ、
ワタシモマタ、トウメイデ、
ミエナイモノハ、ナニヒトツナク、
スミズミマデ、スキトオッテイル。

スキトオル。
ソレガ、ワタシノソンザイリユウ。

オトナシク、シテイマス。
スキトオル、コノ目デセカイヲミテイマス。

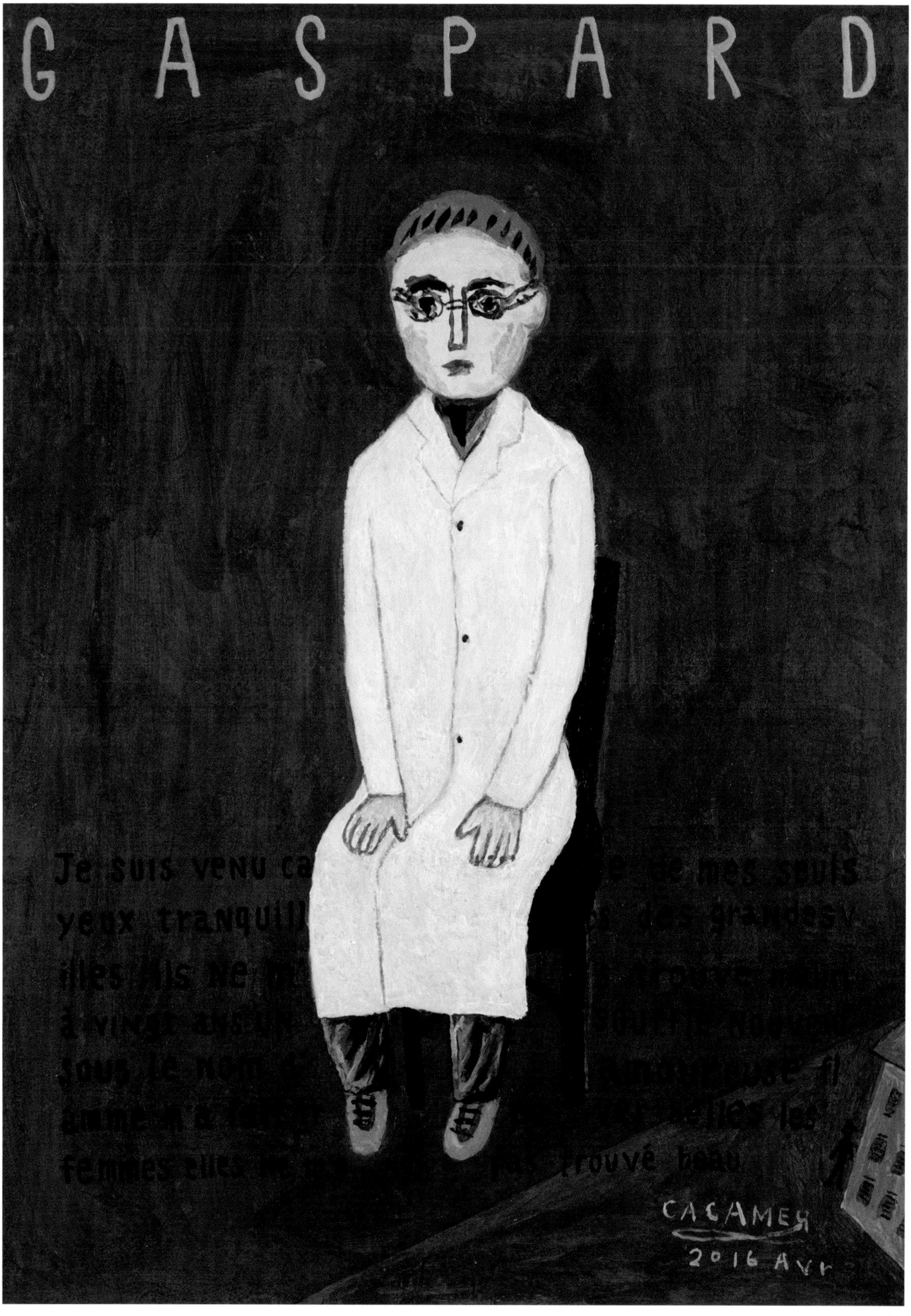
GASPARD
Je suis venu ca
de mes seuls
yeux tranquill
des grandes v
illes Ils ne
à vingt ans
sous le nom
femmes elles
pas trouvé beau
CAGAMER
2016 Avr

LA PHILOSOPHIE
逆さの王様

その国の王様は、いつも逆立ちなさっている。
王冠もマントも邪魔だと言って、ほどよく縒れた木綿のシャツと、
すっきり細身のデニムをお召しだ。
家来王様家来王様家来王様家来王様家来が王様。
逆立ちすれば誰でも王様。
逆さの国ならどこもかしこも王様だらけ。
城も馬も兵隊もいらない。
金銀財宝逆さに見ると実にちっぽけ。
美しさ！ 空や雲やに叶わない。
ケンカに争い逆さに聞けば笑いの種だ。
真昼の太陽？ 冗談じゃない！ 逆立ちするには眩し過ぎるぞ！
逆さの王様夜更けの街を練り歩く。
両手で踏む石畳は冷たく硬い。
「王様の皮は厚いのだ！」
逆さ頭に血が上る。
「月が星が冷やすのだ！」
踊り歌い笑うまま、
「こうして死ぬのが夢なのさ！」
夢見る王様毎夜逆さの行進だ。

王様が去った後 —
通りの真ん中 —

ほら、ペンやら詩やら五線譜だ。
僕らのポケットから転がり落ちたものたちだ。

LA PHILOSOPHIE
Le roi. c'est le roi Je veux trouver
le Bonheur
Je veux vivre heureusement
Quant au triste hier, il y a déjà beaucoup cela
le Roi. c'est le Roi
Qu'est-ce que c'est avec la vie ? pourquoi la
personne vivra-t-elle ? Bien Quil soit sur
que je meurs un jour Je souffre aujourd'hui
quand c'est pouvquoi et me soutiendra per oui
2016
CACAMe

JOSEPH
隣にいる人

霧の中で目を覚ました。
起き上がり、ベンチに座り直して体を伸ばす。
僕より少し飲み過ぎた仲間がホームの隅に眠っている。
鳩が何かを啄んでいる。
初老の男性が僕の隣に腰掛ける。
僕が読まない新聞の購読者 — 通りすがるだけの人達と変わりないその人は、そっとポケットの中身を確かめる。

安堵した瞬間を僕は見る。
鳩がいる。
膨れた羽。灰色の。
何かに似ている。
前を通り過ぎて行く人達。
霧の中を動く影。
僕はジョゼフのことを考える。
ジョゼフ…
腕に抱く美しい妻の名はマリー…
妻の為、賢い息子の為、ガレリアで暮らしたまだ年若い…
会ったこともないあなたに僕は話しかけてみたくなる。
「その杖に、百合は、咲いたのですか」
隣にいた男性 — 初老の — 僕が読まない新聞の購読者 — が歩き出す。
霧に包まれ消えていく背中。
駅でバーでカフェで公園のベンチで安宿の窓辺で通りすがるだけのその人は…

Voilà c'que c'est
mon vieux Joseph
que d'avoir pris
la plus jolie parmi
les filles de
GALILEE

ジョゼフ。

ある日隣にいるその人が… ジョゼフ。

婦人に連れられた犬が線路の脇で用を足している。

行儀が良いのか悪いのか。

通り過ぎて行く人達。

滲んだつま先。

灰色に染まった僕の靴…

…霧の朝、何かを啄んでいる鳩に似ているのは。

40 years ago

Le quotidien

Parfois je ne sais pas ce qui m'arrive
Je noie la poésie dans l'alcool
Je ne sais pas lequel des deux m'enivre
Et pour finir je parle de football

Et lorsque j'en ai marre
Je gratte ma guitare

Chaque matin j'avale un café crème
En lisant des journaux remplis de sang
Mais le regard d'un enfant me ramène
Dans un monde meilleur et innocent

Lorsque j'en ai marre
Je gratte ma guitare

Le samedi on boit quelques bouteilles
Ça fait passer l'amertume et le temps
Tant pis si le dimanche on se réveille
Avec les mêmes problèmes qu'avant

Lorsque j'en ai marre
Je gratte ma guitare

Parfois lorsque mon esprit vagabonde
J'essaie de croire qu'il y a un bon Dieu
Je lui dis pourquoi as-tu pris le monde
Si c'est pour le détruire peu à peu ……

眠っている間、愛している間
パス パス ルタン　時はすぎゆく

美しい庭、
いまは哀しみのコンクリート

目立たぬようにやってきて
目立たぬように去ってゆく

ある日、恋はおわる
二人はもう　愛せない

LE METEQUE

異国の砂

2016年10月31日　初版第1刷発行

詩・工藤有為子
絵・ささめやゆき

発行所＝ハモニカブックス
発行者＝沢田幸子

〒169-0075
東京都新宿区高田馬場2-11-3-202
TEL 03-6273-8399　FAX 03-5291-7760
http://www.hamonicabooks.com/

印刷・製本＝アベイズム株式会社
プリンティングディレクション＝佐々木陽介
デザインワークス ＝ yamasin(g)
撮影＝大竹直樹
編集＝木村伝兵衛

落丁・乱丁本はお取り替えいたします。

ISBN978-4-907349-16-5 C0073